主婦、キッチンから愛を叫ぶ

明日は私たちのなかにある

わくわく主婦／著

日本機関紙出版センター

もくじ

主婦、キッチンから愛を叫ぶ　明日は私たちのなかにある

はじめに

私は二児の母、ただの主婦です。

そんな私が2020年2月の京都市長選挙の応援をきっかけに、気が付いたら街頭でマイクをもち、気が付いたら小学校の体育館でマイクをもち、気が付いたら選挙カーの上でマイクをもち必死に叫んでいました。

なぜ私が選挙活動に参加することになったか。きっかけはフェイスブック友達のお誘いから始まりました。

フェイスブックで友達が選挙のビラ配りやら、なんやらやらへん？　スピーチしてもいいよと投稿し、たまたまそれをみた私はビラ配りぐらいやったらやろうかなぁ……と。

「行くわー、大手筋の街頭」と返信しました。家で支度をしているうちに、なんかスピーチするのもいいかなぁと思えてきて友達に「スピーチしていい？」って聞いてみると「いいよ！」と言ってくれたので、家を出る10分前くらいで、街頭演説用の短い原稿を書き、大手筋に向かいました。

そこで、生まれて初めて街頭演説を体験しました。会社帰りや学校帰りの時間だったので、道行く人は忙しそうでしたが、たまにこちらをちらっと見てくれたり、配っているチラシをもらってくれる人もいました。ですが、ほとんどは無視でした。

しかし、フェイスブック友達がその様子をアップしてくれると、まあまあ反響がよく、次は○○小学校にきて、と依頼を受けました。

えー、小学校の体育館でしゃべるん？　緊張するなぁと思いながら必死で原稿を書きました。ですが、当日風邪をひいてしまい、38・0℃の熱がでてどうしようと思いました。

旦那には「行くな、自分や家族より選挙が大事なんか！」と怒られましたが、子どもたちや家族が大事だから行くんだよ！と言い旦那を押し切って行きました。

旦那は行くことを反対しながらも、小学校まで一緒に来てくれました、演説はとても緊張しましたが、街頭と比べると、皆さん熱心にきいてくださるので、とても話しやすかったです。

そして、やれやれと思いながら……すると今度は選挙活動で出会ったおじいちゃんから連絡があり、何日に、1時に○○の選挙事務所にきてほしいと言われました。

待ち合わせの時間に行くと知らないおっちゃん、おばちゃんたちが忙しそうにバタバタしてはりました。

「あのー、Mさんに、ここに来るように言われたんですけど？」と勇気をもって話かけるとおばちゃんが「あ、アナウンサーの方？　こっち」と言われたんですが、「いえ、アナウンサーとは違うと思うんですが」

するとおっちゃんが、「あ、Tさん？　この車にのってもらうから」と軽自動車に乗せられました。軽自動車でなにやらへんぴなところにつくと、運転手さんが、「あ、来た来た、あれ乗って」といいました。選挙カーでした。

初めて選挙カーに乗りました。私は後部座席に乗せられ、前ではウグイス嬢という人らしき人がマイクでしゃべり、手を振り……なんなんだこれは。すると、同じく後部座席に乗っていた人が「しゃべるん、3分。3か所で」と言いました。

状況を飲み込むのに時間がかかりました。早く帰りたい。そう思いましたが、やるしかありませんでした。初めの2か所は道の上でマイクをもちしゃべりました。3か所目は、スタッフさんが「選挙カーの上でしゃべって帰り」と言ってくれて、選挙カーに上がることになりました。

そんな車の上に上がるなんてしたことないし。ゆっくりゆっくり落ちんように上がりました。上がったら不安定で、落ちそうでしたが。これしゃべったら帰れる。その一心で必死でしゃべりました。

しゃべってやれやれでした。選挙カーは、のぼるより、降りるほうが危険でした。すねを打って、大きなあざができました。選挙カーはもう乗りたくありません。

私が叫んでいたのは誰の応援でもなく自分に、大切な人を想って叫んでいました。私が何を言っていたかというと、

子どもたちが幸せを感じられる社会にしよう。

おじいちゃん、おばあちゃん、お父さん、お母さん、大人が幸せでないと楽しそうでないと子どもたちも幸せって何かわからなくなる。

生まれてきてよかったって思えない。子どもや若者の未来に幸せを願うなら今を生きる私たちが幸せでないといけない。

私たちには生きる権利がある。

幸せになる権利がある。

今の社会をかえる必要がある。
笑顔をくれる子どもたちに今何が必要か。
歴史をつくってきてくれたお年寄りに何ができるか。
ハンディをもっている人たちとどうやって一緒に生きていけるか。
そして毎日頑張っている自分に。選挙は他人事ではないんです。
選挙に行きましょう。

選挙って何だと思いますか。
誰のためだと思いますか。
国ですか、社会ですか。
社会ってなんだと思いますか。
私は恩師から教えてもらいました。
一番、基盤となる社会は〝家庭〟だそうです。
家族、自分、大切な人を想ってください。

毎日どんなにしんどくても働きに行ってくれるお父さん、お母さん。

毎日頑張って、勉強しに行く子ども。

本当はパパ、ママと一緒にいたいけど家庭のさまざまな事情で保育園、学童に通う子どもたち。

今の私たちの生活を築きあげてくれたおじいちゃん、おばあちゃん。

大切な人たちを想うことは誰にでもできるでしょう。


選挙活動をして自分のやりたいことが明確になりました。

笑われるかもしれないけれどとっても大きな夢ができました。


私は、子どもたちが幸せを感じられる社会をつくる。

大人もみんなが生まれてきてよかったと思える社会をつくる。

ただの主婦がなに大きなこと言うとんねんって思われるかもしれません。

でもね、一番小さい社会は〝家庭〟なんですよ。
私たち、主婦の出番じゃないですか（笑）

・・・「幸せってなんだろう」

人それぞれ、周囲からみたら不幸にみえても、本人が一瞬でもこの世に生まれてきてよかったと思えたならもうそれは幸せなんだ。他人がとやかく言うのは余計なお世話かもしれない。ただＤＶとか虐待にあっているとなると話は別だ。本人の感覚も違っているから、その時は周囲が鬼になって、その異常な世界からひっぱりださないといけない。

特に子どもの場合、養育者に依存しなければ生きていけない。だから子どもにとって虐待が当たり前の日常だから、周囲がそこからもっと違う広い世界があるんだよって、命がうしなわれそうになる生活が当たり前じゃないんだよって、世界をひろげてあげなければならない。

子どもを産んで子どもたちに自己肯定感をもってほしいと切に願うようになりました。自分を否定しながら、生きるのはつらい、限界がある。子どもだけじゃない。大人にも、大切な人たちに楽しみ、喜びを感じてほしい。悲しみ、痛みを誰かがと共感できる環境でいてほしい。

子どもたちに願うのならば、まずは自分が自己肯定感をもたなければならない。頭では理解しているつもりだけど、私はずっと自分と向き合ってこなかった。簡単じゃない。

人それぞれ、色んな人生がある。その積み重ねが今の自分。

愛されてきたんです。愛されてきたから「幸せ」を感じる大切さ、痛みを感じれる。それは生きているという証拠です。いろんな人からの愛情があったからこそです。ご縁に、めぐり合わせに感謝です。

生きづらさを感じている人に伝えたい。幸せってつかむものじゃない、お金では買えないの。感じるもの。喜びも悲しみもあるそれが生きるってこと。

選挙の時、Tさんもっとしゃべりやとか、選挙カー、楽しいやろって言われたんですけど、マイクをもっておしゃべりするのも選挙カーに乗るのも慣れなくて落ち着かず、やっぱり私は家のキッチンで野菜を切ってるほうが性にあってます。

選挙活動は刺激的で楽しかったけど、ただの主婦である自分の方が安心できるのでした（笑）

だから私はキッチンから愛を叫ぶのです。

でも選挙がきっかけでマイクをもって話した以上、あとに引けなくなったんです（笑）

・・・選挙活動を終えて

選挙は勝てなかったけれど、私たちは終わりじゃない。

もし勝っていたら近道だったかもしれなかったけど、遠回り、曲がりくねった道もいいじゃないか。


子どもたちの幸せなくしてその国の明るい未来はない。まだ35年しか生きてないけどこれだけは自信をもって言える。


そしてしんどい思いして生きてる大人たち。

まずはご近所さん、お友達、保育園や学校の先生と挨拶しよう。おはよう、こんにちは、こんばんは、元気？

つながりをつくる。社会をつくる。

人間、ひとりで生きているようで、そうでない。

私ははじめる。

今という土台を固めて未来をつくる。
みんなが生まれてきてよかったなって思える社会をつくる。
一歩ずつ。

・・・コロナをきっかけに

学校はホームページありきの課題提出？

２０２０年、冬ごろから新型コロナが世界で流行りだしました。このコロナをきっかけに感じたことを書きます。

コロナの渦中、学校は休校、子ども園は自粛で2か月近く子どもたちと家にいました。

幸い旦那の職場では感染した人がいなかったので、仕事をさせてもらっていました。残業代は減り、家計も赤字でしたが、お給料をもらえているだけましかと思っていました。

このコロナの渦中では不安がたくさんありました。まず、子どもたちのこと、教育のことです。小学校は休校で、課題を出されましたが、まだ習っていないところを課題として出されました。もちろん子どもはさっぱりわからないし、親も教えるのが難しく、ただでさえイライラしている生活に加えて、親子のイライラをぶつけあいながらでした。

たまたま近所のクリニックでママ友と話す機会があり、そこで小学校のホームページで予習みたいな、授業みたいなことをしていると聞きました。もしかして、ホームページを見たありきの課題なのでは？と話していました。

学校からはたびたびホームページを見てくださいと、お知らせはありましたが、「予習、授業をしている」とのお知らせはありませんでした。はっきりと予習、授業をしているとお知らせしてくれればもっと意識してホームページを見ます。

何が問題って、まだ習っていないところを課題として出して、誰が見たか見ていないかわからない授業をすすめるのはむちゃくちゃだと思いました。

しかも、みんなネット環境が整っていないのに、それは教育格差を生むんじゃないかと危機感さえ感じました。

私、個人的にもまだ子どもにインターネットに触れさせたことがなかったので心配もありました。

うちの場合は旦那がパソコンやネットに詳しいから良いものの、そうじゃない家庭もたくさんあると思います。特にひとり親家庭など、親が離れているときに子どもだけで、管理させるのは心配じゃないですか？

実際ネットをしようと思ったら、端末の購入、ネット回線の契約、接続……お金も時間も労力もかかりますよね。

すぐに、課題の件とホームページのことを学校と教育委員会に問い合わせたところ、

「ホームペー見たありきではないです。ネット環境が整っていない前提をしています」とおっしゃったので、私が、ホームページでやった内容は学校が再開したらもう一度授業でやってもらえるのですかと聞くと、「補足はします」との返答でした。矛盾を感じました。

大人の事情で子どもたちを振り回さないで

学校再開時期にも不安はありました。もう長い休校が続き、再開したらどれくらい子どもたちに負担がのしかかるかと思うと、慎重に判断してほしかったです。7時間授業や夏休みの短縮が想定されますが、大人でも2、3時間勉強したら集中力はなくなるし、頭にも入らないじゃないですか。そんなに詰め込んで誰のためになるんでしょうか。先生も生徒もしんどいだけじゃないですか。

9月始まりの案もありますが、私は子どもたちの負担を考えるとそれもいいんじゃないかと思います。そうすると、大人社会の経済がなりたたないですね。そこを保障するのが国、政治でしょう。大人の事情で子どもたちを振り回さないでください。

単純にまず、どの親御さんもこのコロナの休校で、勉強、どうなるんやろう、遅れるやん。再開されても子どもの負担がすごいやんと思われたと思います。難しいことはわかりませんが、これを機会に日本の「教育」を見直すチャンスなんじゃないかとも思いました。

長いこと日本の「教育」ってテストの点数、受験のための、数字のためのお勉強だったでしょう。それよりも、人として生まれ、人と人とのつながり、共に生きていくことや、社会をつくっていくことや、個人の尊重とか、「生きる」ってことを学ぶ場が（少子化の今とくに）学校にも必要とされるんじゃないかと思います。

もちろん、最低限の読み書きは必要ですが、点数を求める勉強は本人がその必要性を感じたときの努力で間に合うと思います。そうすると、出席日数とかあまり気にしなくていいんじゃないでしょうか。

選挙のたびに思います。投票率があがれば、まともな政治になる。国になる。でも、選挙に行かないのも自由ですよね。

学校教育に求められるものとは

私は子どものころ、子どもだから大人に意見を言ってはいけない、女の子だから考えて生きなさい（自分の身を守る言動をしなさい。という意味）、そして、大人になり結婚し、子どもをもち仕事と家事、育児を両立させるのにパートタイムというスタイルになり、旦那から「どうせパート」と見下されてきました。

小学生の長男は学校から帰ってきて言います。「お母さん、俺まだ真面目なほうやのに、怒られるねん。真面目じゃない人はもっと怒られてるねんで」

私は真面目ってなんだと思いました。

親、先生、学校、大人、社会が正しいって誰が決めたんですか。社会が正しかったらこんな生きづらい人たくさんいません。自殺する人いっぱいいません。

法律や校則、社会のルールはたくさんの人たちが一緒に生きていくために必要だと考えられたからできたのです。その時その時で、必要だとされたからできたルールではないでしょうか。

学校教育に求められるものはなんでしょうか。算数ができることですか？　テストの点数が良いことですか？　いま、多くの保護者はそんなことを求める人が多いと感じます。

私は違うと思います。勉強を求めるなら、塾に行ったらいいじゃないですか、通信教育を受ければいいじゃなですか、40人学級で勉強するより効率的に勉強できますよ。

そうじゃないです。学校で何を学ぶか。人と人の関わり、相互関係から生まれてくる気づき、感情、道徳性のものだと思うです。社会性を学ぶんです、子どものうちに人と関わり、その苦難や喜びを感じ、集団の中で自己を作り上げていくのです。

真面目に先生の言いなりになっているのが良いとされるのは危険を感じます。まさに今、大人社会で起きていることです。一部の政治家の言いなりになり、生きづらさを抱え、人と関わることもなく、助けること助け合うことがなく自殺に追いやられる。

悲しいです。人と人と国と国とが関わりあって社会ができているのに。ひとり追い詰められて自殺する。

これが日本の民主主義の結果ですか。

今回のコロナで不安が大きく混乱を招いたのは信用できない政治があると思います。政府、政治に任せて安心できるような国だったらこんなに混乱していなかったはずです。

皮肉を言うと、テストの点数が良くて、成績が良くて、偏差値の高い大学を卒業した人たちがやっている政治が今の混乱を招いているのでしょう。

保育にも不安があります。そのひとつに、保育士の配置基準です。0歳児3人に対して保育士1人、誰も疑問に思わないんですか？　人間の手は2本です。3人同時にだっこできますか？　私は自分の子1人をあやすのに精一杯でした。5歳児、25人に対して保育士1人。これもどうかと思います。今、保育、教育現場で問題とされている虐待、貧困、非行、いじめなど様々な問題に対応する最前線の保育士さん、学校の先生の早急な処遇改善をすべだと強く感じます。

私も自分の子どもが小学校に上がったときに感じた先生との距離感。特に虐待は小学校に上がる前に対処なければならないと感じました。

学校ではスクールカウンセラーさんが週に数回きてくれるとのことですが、子どもたちの悩みや問題は週に数回では済みません、24時間３６５日です。

欲ばりかもしれませんが、小学校、中学校は各クラスに、担任、副担任、ソーシャルワーカー体制で挑んでほしいくらいです。

今だからこそ教育、福祉に投資を

保育、教育現場にもっと人材をと言うと、どの政治家さんも口をそろえて「予算が、財源が」とおっしゃいますが、今、教育、福祉に投資しないでどうするんですか。

戦闘機を買うお金はあるのに、子どもたちに対して使うお金はないんですか。

人を殺すためのお金はあるのに、命を育むお金はないなんて悲しいです。

こんなことをいうと戦車も戦闘機も「防衛費」やから必要だということにもなるかもしれ

ませんが、武力の見せ合い、けん制し合いしたって本当の平和なんて訪れるんでしょうか。子どもたちが平等に教育を受けることができて、健やかに育つことが平和だと思います。だから、教育や福祉に投資すべきだと思うんです。

今やからこそできることを。

戦争を知っているお年寄りから歴史を教えてもらい、大人も子どもも一緒に平和を考え語り合える学びが必要なのではないでしょうか。

虐待、貧困、非行、いじめ、自殺等の中にも子どもたちの権利や平和が脅かされていると感じます。今なにをすべきか、できるか。知恵を出し合いたい。

今教育に必要なこと。

「家庭まで踏みこむ勇気」だと思います。

コロナ禍でみんなが不安で答えがない日々を過ごしています。

教育に関しては、教育委員会や学校に不安をぶつけてしまいました。教育委員会も学校もはじめてのことで大変なのに、私には相手の立場に立つという冷静さがもてませんでした。

改めて、子どもたちにとって大切なことは何か考えると、学校も家庭も一緒に子どもたちを育んでいくことだと思います。

批判からは何も生まれません。

長男が小学校に入って3年です。

私が感じたのは、先生は保護者に話すとき、まず学校での様子、子どもを褒めてくれます。

……それまでなんです。

「ご家庭ではどうですか？」が、ないんです。

そりゃお互いに口を出されたらいやな保護者もいらっしゃいますし、学校に任せてるんだから口を出すもんじゃないって意見の保護者もいると思いますが、それでは、学校と家庭の橋はつながらないんです。子どもたちは学校と家庭の溝に落ちるんです。

橋の上を行き来するのは子どもたちです。その橋をつくるのは学校と家庭だと思います。

ある日の夕方、ご飯を用意している時に聞こえてきた。小学3年生の長男とおばあちゃんとの会話。

テレビでアメリカの報道があったらしい。一生懸命、おばあちゃんに質問する長男。「黒人ってなに？　白人ってなに？」

長男の質問に答えるおばあちゃん、黒人と白人の歴史をおばあちゃんなりに、説明。
長男「トランプさんは何してはるんや（怒）」
おばあちゃん「トランプさんだって忙しいんや」
長男のマシンガン質問に降参したおばあちゃん「偉い人のことはわからん！」
すると長男「命に、上も下も、偉いも、偉くないもないやろ!!」
わが子にノーベル平和賞を贈りたい、と思いました。

・・・世の中真っ暗

まず、私は高校卒業するまで夢や希望をもったことがありませんでした。完全な現実主義で、夢とか希望とか地に足のつかないキラキラしたもんに興味ありませんでした。

なぜか。

少し過去を振り返ります。

まず、幼少期、私はサラリーマンの父、パートをしながら家事、育児、介護をこなす母、長男、次男、末っ子の私で構成された家族でした。

父は暴力をもって子どもをしつける人で、私だけは女の子だからと母が必死で守ってくれました。特に父は兄たちに勉強するようにと日ごろから口うるさくしていました。兄たちは多少反抗しつつも成績もよかったです。父は私にはまったく期待していなかったのか、出来が悪いので諦めてていたのかわかりませんが。私は父からも母からも勉強しろと言われた記憶はありません。母は勉強に関してノータッチでした。経済的にも余裕がなく父は何度も借金をつくり、母が尻拭いをするというスタイルでした。

私は３人目の末っ子のせいか、親に育てられたというよりも兄たちに育ててもらいました。

トイレの仕方もお風呂も兄に教えてもらいました。勉強に関しては父の厳しさを兄が引き継ぎ、私がテストで1問でも間違えれば「おまえはアホじゃ！」と言われ、１００点をとっても「授業でならったとこしか出題されてないんやろ、満点で当たり前じゃ！」と言われました。何を思ったか、一度テストを白紙で出して0点をもらってきたら母が「Tちゃん！　すごいやん！　0点なんてなんぼがんばっても、なかなかとれへんで！」と思いっきり褒められたことがありました、もうアホなことはやめようと思いました（笑）

ある時、兄に対しての暴力をみていられず、間に入ったところ、父の一撃で私は吹っ飛びました（笑）。後で母にこっそり「Tちゃん、あなたは小さくて弱い女の子。考えなさい」と言われました。私は必死に考えました。私は父への復讐心でいっぱいでした。同時に母の苦労は自分のせいだと思っていました。

ある日、些細なことで母が家を出ていくと言い出し、私は母の足にしがみつきました。「お母さん出ていかんといて、ごめんなさい、ごめんなさい」と泣いた時があります。

でも、しばらくしてからあの時止めてしまったからお母さん自由になれへんかったんやとも思いました。日ごろから、まだ小さい私に銀行での機械の使い方や、買い物の仕方、自分がいなくなっても私たち子どもでやっていけるようにしつけてくれていましたが。

母が生活の仕方を教えてくれる時は、「あぁ、お母さん出ていきたいねんや、出ていくんや」という不安に襲われました。

「お母さんがこんなに大変なん、子ども（私）がいるから、私おらんかったらもっと違う人生があったかもしれん。私、生まれてきたらあかんかったんや」とずっと思っていました。

小学校に上がるとクラスでいじめがありました。私は第三者だったのですが、家のことでゴタゴタしていたので、学校までゴタゴタするのはめんどくさかったので、いじめグループを解散させました。いじめられていた子のお母さんには感謝されましたが、私としては別に助けたつもりもなく、ただ鬱陶しいと思って行動しただけでした。

私は神経性胃炎もちの小学生でした。それを母は学校でのいじめが原因だと思っていますが、家のゴタゴタのせいです。

心の病は自分で解決しないといけないと思ってたので、そのころから心理学に興味をもつようになりました。でも、テキストを買うお金をもっているはずもなかったので、ひたすら人間観察をするようになりました。サンプルだと思おう、親も先生も、大人をサンプルだと思えばしんどくないと自分に言い聞かせていました。

自分に後悔のないように

中学に入ると、いろんな友達ができました。いじめ、虐待、貧困、非行……それが当たり前の日常でした。

先生も警察も親も大人は助けてくれません。大人はお金で解決、責任転嫁、逃げ道を知っている。子どもは世界がせまく知識、逃げる手段を知りません。大人よりずっと現実を生きています。

思春期のときに、身体的虐待、性的虐待、いじめ、非行を目の当たりにして、もう誰とも仲良くならないし、心を開かないと決心しました。

なので、高校は早く経済的自立ができるように就職率のいい、商業高校に進学しました。自分で生活できるだけの力を身に着けて早く一人で生きていくと決めました。

またまた神様のいじわるか、高校での授業はプランニング、プレゼンといった仲間で取り組まないといけない内容で、一匹オオカミでいたかったのに、また一匹オオカミではいさせてもらえませんでした。

素敵な仲間ができました。突然、友達に「昨日、お母さんが目の前で首をつった」とカミングアウトされることもありましたが、トータルで考えると高校生活は勉強も人付き合いも全力投球でした。

プランニングでは必ずターゲットがいて、ニーズを明確しないといけません。どのターゲットにしても、みんな「幸せ」を願っています。

「幸せ」って何だろう。私にはわかりませんでした。高校最後の課題はライフプランニングでした。

初めて自分の人生と向き合いました。早く経済的自立をしたくて商業高校へきたけれど、「幸せ」ってなにかわからず、なんでみんな夢や希望など求めるのか。そこを理解しないと私は前に進めない。そして「子どもの幸せってなんだろう」。それが私の課題になりました。

私ずっとこの思春期のことに蓋をしてきました。30歳を超えてから少しずつ外に出せるようになりました。でも、私がしてることって自分が疎かにしていた人生に言い訳しているのかもって思う時もあります。虐待、いじめ、貧困、非行などに対して当時の私は何もできなかった。ずっとずっと悔やんできた。大人になって自分に「仕方がなかったんだ、子どもの私には……仕方なかった」と言うと同時に、もう一人の私が「でも、事実を知っていたのも事実でしょう」と言います。だから、もう逃げたくないの。見て見ぬふりをして何十年も後悔するのは嫌。

私には表立っての反抗期はありませんでした。でも心の中で父親に対してすごくドロドロした感情をもっていました。幼少期に一発でふっとばされてから、どうやって復讐してやろうかと考えていました。母に「あなたは小さくて弱い女の子。考えなさい」と言われたから、逆にそれを利用しようと考えていました。人って、特に権力や力のある男の人は相手が弱者だとわかったら油断するでしょう。実際、私は小柄で無力で弱い女の子だった。じゃあ相手はいろんなことをしゃべるし、手を差し伸べてくれる。お金に困ったら女を売れば簡単にお金が手に入る。そう考えていました。

でも、できなかった。何より大切な、無条件に計り知れない愛情をくれるお母さんを悲しませてはいけないとブレーキがかかっていた。

でも、そんな母に対して一度だけ反抗をしたことがあります。それは中学のとき。母は私に「やんちゃな子とはつきあわないでほしい、あなただけでも逃げてほしい」と言いました。私は「お母さん、母親としてはそういう意見になるかもしれないけど、それは人として間違ってると思う」と返しました。一晩中泣きました、泣きすぎて嘔吐しました。

でも、もしも今、息子が同じような立場にあったら、なんて言うでしょうか。私もお母さんと同じことを言うかもしれません。ただ、「自分の後悔のないように」と付け加えます。

・・・なぜ自暴自棄にならなかったか

なんでだろう。たぶん子どものころに一番大切な母を傷つけたくないという思いが強かったからかな。それと、母もパートと介護やらで忙しく、私はいつもおばあちゃんや、伯母たち、友達のお家にお世話になって、いろんな人に支えられていることに無意識に感謝の気持ちと、迷惑かけたらあかんなと感じていたのかも。

しかも10歳まで山の中で育って遊び相手が山で、自然のなかで育ち、適度に人と関わりながら育つという、子どもが育つ環境としてすごく良い育ちをしたのもあると思います。

母は兄妹が9人います。私が生まれたときには2人が亡くなっていたので知りませんが、それぞれに子どもを2、3人ずつ産んでいるので親せきが集まるとたいへんにぎやかで、もみくちゃになります。みんな好き放題いい言いたいことを言いまくります。そしてみんな善のためにとか、誰かががんばってるときは全力投球で応援してくれ、困っているときにも全力で助けてくれる最強メンバーです。

母たちは子どものころ貧しい暮らしをしてきたので「支えあって生きる」ということが当たり前だったんでしょう。そういうことを知らず知らずのうちに学んだのかもしれません。

それから、幼いころから母に「自分でやったことの始末は自分でしなさい」と教育されていたので、何も問題を起こさずいてたのかなとも思います。この「自分でやったことの始末は自分でする」というのは、良い面もあり悪い面もありました。

特にお料理では片付けから習い、片付けまでしか習いませんでした（笑）。学校の調理実習でもひたすら洗い物係（笑）、料理するのがめんどくさい、片付けまでやることを考えると何も食べんでええわと。

片付け、後始末を考えるともう何もしないという選択をしてしまったので、結婚するまでほとんどお料理にチャレンジせず結婚してしまいました。お鍋を食べるときは次男のお兄ちゃんが、お肉を入れてくれるし、お野菜はお母さんが入れてくれるし、タレは長男がいれてくれるし、今から考えたらなんて甘やかされてたんでしょうね。

旦那と結婚がきまったとき「うちは焼肉いくで」と告げられて、あわてて焼肉の練習に行きました（笑）

結婚して初めてホウレンソウを手に持ったとき、指を切って4針縫いました（笑）。洗濯機の使い方もアイロンの仕方も旦那に教えてもらいました。私が結婚する前にできたことって、貯金の仕方と部屋とトイレ掃除だけだったかもしれません。

旦那は片付けと掃除以外はなんでもできる人だったので、ちょうどよかったかな（笑）

・・・来歴

私に何が必要か。それは、私を形成するにあたって重要な父と母の成育史です。残念ながら母に関しては祖母や伯母たちから聞いているので、たくさんあるのですが、問題の父についてはあまり情報がないのです。

しかし、私なりに分析したいと思います。なぜ彼（父）が暴力をもってまで、兄たちに勉強を強制し、躾（しつけ）を行ったか。

彼は高校卒業という最終学歴で、有名なレコード会社の営業マンでした。しかし、おそらくですが、彼は学歴で苦戦し、自分の子どもをもったとき高度経済成長の時でしたが、彼の収入は家族を養うに不十分だった。そしてバブルがはじけた。学歴がものをいっていた時代だったのでしょう。

彼は痛感したのでしょう、学歴が必要。男が家庭をもち社会で戦っていくには勉強していい大学に入り……。

子どもには苦労させせまいと、彼なりの想いで子育てをしていたのでしょう。でもね、私、父とのきれいな思い出もあるんです。

春になると裏の竹藪で一緒にタケノコほりをしました。スクーターの前に乗せてもらって坂をかけあがりました。保育園くらいまではいってらっしゃいのチューもしていました。父はいつも私に「甘えたちゃん♪」って歌っていました。35歳のいい大人に向かって「Tちゃん!」と呼びます(笑)。いまだに私が何をきいても「なんでやと思う?」と答えをくれません。

そんな父に対して、私がなぜ憎悪をもつようになったか。

ある日、兄たちに対しての暴力がエスカレートし、私の中で「お兄ちゃんは悪くない!」と心が叫び、間に入った瞬間、父の一発で私の軽い体は吹っ飛びました。

そのあとこっそり母が「Tちゃん、あなたは小さくて弱い女の子、考えなさい」と言われてから考えるようになりました。

それまで感じるままに生きてきた私。Feelから一生懸命考える私。thinkになりました。

それから人、特に大人に対しては観察するようになりました。

みんなサンプルだと思おう、サンプルだと思えば苦しくない。

うちの父は基本的に優しいです。

子どもに手はあげますが、それは子どもとのかかわり方がわからなかったんでしょう。

ただ、彼から子どもたちに対しての愛情は感じられていました。

昔から父親の努力は子どもからは見えにくいです。今はイクメンと言われる人がいるので、まだましなんかな。

振り替えると、父は高卒ですが、父が生まれた時代を思うと4人兄弟の末息子なのによく高校までいかしてもろたなと思います。

と、父に関しての分析はこれくらい前からしかできません。


母については、腹違いの兄弟3人、実姉妹6人の大家族でした。

とても貧乏で、食べるものも借りていたらしいです。祖父が早くになくなり、姉妹のうち五女だけが高校にいけたらしく、みんな家の稼ぎ手でした。

でも。中卒の母も「黄金のたまご」の時代なのか、世界的に有名な下着会社で働いていました。

母は美容師になりたかったみたいで働きながら学校へ通い、美容師になりました。

母は自分が勉強できなかったから、子どもに勉強しなさいとは言わないと言っていました。母の生き方から。例え成績悪くても努力すればやりたいことできる夢はかなうと証明されます。

3人の子をほとんど一人で育てて、父が借金をするたびに尻拭いをする。ようやったなぁと感心です。

・・・学びへの気づき

「子どもの幸せってなんだろう」という課題をもった私は、母に無理をいい短期大学に進学させてもらいました。大学では社会福祉学科の児童福祉を専攻しました。

がっつり勉強しようと思っていた私はショックを受けました。講義の3分の1は真剣に受講している人、残りの人は講義中、メイクしたりお菓子を食べたり……。

サルばっかりや、日本は終わりやと心底思いました。

でも、先生たちはすごかった。短大の先生方は私が初めて出会った「希望」だった。

世の中まだ捨てたもんじゃないって思いました。

福祉のための心理学を教えて下さった先生はこうおしゃいました。

「私は弱いから学ぶの」

小さいとき母に「あなたは小さくて弱い女の子。考えなさい」と言われたことを思い出しました。私の学びはここにあったと、やっと出会えたと思いました。

保育原理を教えて下さった先生は、「これだけ聞いたらあと、寝てても何しててもいい。女は自分と自分の子どもを守るだけの強さをもたなあかん」とおっしゃいました。ずっと私の心の中にある言葉です。

障害児保育を教えて下さった先生は、とても優しい言葉の使い手だったけど、すごく強い人でした。

養護原理のおじいちゃん先生は優しさ、愛情のかたまりだった。私の肌の状態で、私が元気かどうかをみる先生でした。

養護原理の先生に対して心残りがあります。レポートが出たのですが出せませんでした。その課題が「児童福祉とは」でした。私には書けませんでした。締め切りが過ぎてとうに2か月はたったころ、学科の事務員さんが「S先生、まだあなたのレポート待ってるのよ」と声をかけて下さいました。でも、その課題は私の人生課題、その時の私に書けるわけありません。私は逃げました。先生ごめんなさい。

仏教の講義も面白かった、「足るを知る」、「諸行無常」、「輪廻転生」。もう一度受けたい講義ばかりでした。

社会福祉は私の中のぽっかりあいた心を埋めてくれるものでした。

すごく楽しかった。大学の授業が楽しくて楽しくて仕方なかった。

楽しすぎて、朝から夕方まで授業を詰め込みました。

同時にサークルも二つ入りました。

お金も必要だったのでアルバイトを三つしました。

1日60時間くらい欲しいと思うくらいで、1日の睡眠時間が約1時間くらいの生活を1年しました。

母には「そんな生活してたら、しまいに痛い目あうで」と警告されていました。

同時に、勉強をしていくと、社会福祉、児童福祉の世界はそんなキレイなものではないことが分かってきました。どこかで覚悟はしていたけれど、私が通ってきた道、虐待、貧困、いじめ、非行、ひとり親問題。恐かった。わかって選んだ道だけど。

一応、保育士資格をとる人たちと同じ講義を受講していたけれど、勉強すればするほど、自分には無理だなと思っていた。

人が恐い、信用できない。子どもが恐い。そんな自分は保育士なんてできるわけがない。それでも、学生時代は勉強に、バイトに、サークルに必死だった。自分の限界を超えていたけれど、若さゆえか、自分のキャパを超えていてもわからなかった。

・・・派手に転ぶ

目が覚めると、友達がぼろぼろに泣いていました。私は大学の保健室みたなところで友達の膝の上で寝ていました。何が起こったのかわかりませんでした。どうも、私は倒れたみたいでした。

突然、しんどくなり何もできなくなりました。自分でも何がなんだかわからず。自分に何が起こったのか現状を受け止められませんでした。

死にたいとまで考えるようになりました。

こっそり一人で近所にある精神科を受診しました。うつ病の方が飲むお薬を処方されました。大学を辞めようと思いました。

先生に呼び出されました。「もう勉強はがんばらなくていい、来るだけでいいから来て」と言われました。たびたび、過呼吸に襲われましたが、とにかく大学に行かなければと過呼吸を起こしながらタクシーを使って行ったりしていました。

見るもの、聞こえるもの、匂い、味すべてが過敏になり、五感で感じるたくさんの情報がいっぺんに入ってきて、それに振り回されるようになりました。そしてまた、私は倒れたみたいです。

閉鎖病棟での日々

今度は病院にいました。普通の病室ではありません。鉄の扉で内側のノブはなく病室というより檻のような場所でした。

両手両足は拘束されていました。母と兄2人と伯母と従兄がいました。異様な空気でした。お医者さんが何か言っているけれど、何を言ってるのかわかりませんでした。

「助けて」って言っても、だれも助けてくれませんでした。

「助けて」って叫んでうるさくすると、看護師さんにとても苦い薬を口にほりこまれ、私はまた眠りました。

両手両足を拘束され、「助けて」って叫んでも誰にも助けてもらえない。正気でいれるわけないでしょう。

気が付いたら「助けて」ではなくて「殺してー」と叫んでました。

病室のドアが開くのは薬の時間と食事の時です。殺されたいほど苦痛なのですから、食事なんてする気にならないでしょう。

両手両足の拘束がなくなってもその檻からは出られませんでした。看護師さんが運んでくる食事を投げました。あばれました。するとまた、拘束される。その繰り返しです。すると今度は兄が私に食事をとるように説得にきました。私は拒否しましたが、兄が一サジ一サジ私の口に食べ物を運んでくれました。兄は仕事を辞め、毎日毎食、私に食事を食べさせるために病院に通ってくれました。

母は仕事をしながら毎日、私の洗濯物を交換しに病院に通ってくれました。私がいたのは精神科の閉鎖病棟でした。

私の病気は脳の機能の病気です。人って情報が入ってくるときフィルターを通して入ってくるんですね。通常の場合、必要な情報といらない情報をフィルターが機能して必要な情報だけを通してくれるんですが、私の場合、フィルターが壊れていて全部入ってくるのでパニックになって混乱するというか、情報に振り回されます。そして脳が眠れなくなってさまざまな不具合を起こします。なので、今でもお薬を飲んで強制的に脳を眠らせます。

閉鎖病棟ですごした5か月はそれはもう貴重な体験でした。

記憶がとぎれとぎれですが、ある日起きたらシーツ一面に血で絵がかかれていたり、看護師さんに背後から飛び蹴りしたり（笑）、他の入院患者さんから突然ビンタくらったり、鉄

のドアをぼこぼこにして、病棟で有名人になったり（笑）

強烈なのが夜間看護師さんが2人しかいなくて、1人男性で手が足りないときは、生理のナプキンの交換も男性看護師さんにお願いするしかなくて（笑）。19歳の乙女ですよ（笑）。どんなに気がくるっているからといってもそれはきついでしょ。

手首に傷がある人なんてざらにいたし、毎日たばこで焼き印する人とか。でも、誰も法で罰せられなければならない人なんていないのに、なんでこんなとこにいるの？　なんの罰でしょうか。

忘れもしない20歳の誕生日、調子が良かったら外泊できるかもしれないって話になってて、お昼外出して病院に帰ってきたら主治医不在で他のお医者さんに診てもらうことになったんですけど、その医者、私の目もみずにろくに話もせずに、外泊なしという診断をしたんです。あの時はさすがに泣きました。兄が病院から決して近くないケーキ屋さんでケーキを買って来てくれて泣きながらケーキを食べました。20歳の誕生日は忘れられません。

そして、桜の季節が終わり私は出所しました（退院）

5か月の間、何の刺激もない世界にいて、外の世界に出たのですが、車や電車の走る音にびっくりしたりしました。

従兄や母がいろいろ調べてくれて、リハビリに精神福祉総合センターのデイケアに通うようにすすめられました。

私は家の外に出られませんでした。なんでかは今でもわかりません。ずっと布団にもぐりこんでいました。布団から出るのはトイレの時だけです。お風呂も3日ぐらい入らず母に入れてもらっていました。

毎日デイケアから電話がありました。私は出れませんでした。1日何回もかかってきました。

退院してからそんな生活が1か月くらいでしょうか。あまり記憶してませんが、何を思ったのか、近所の歯医者さんでアルバイトを始めていました。歯医者さんはすぐ辞めましたが、それがきっかけで外に出れるようになりデイケアに行くようになりました。

でも、プログラムには参加せずに休憩室でゴロゴロしてました。徐々にプログラムに参加するようになり、職員さんや他の通所者さんと関わるようになりました。

・・・ラッキーガール

家にひきこもっている時は自分はこれからずっと誰かのお荷物として生きていくんかと思ってたけど、デイケアでいろんな人と関わって、自分の中で、「いろんな人がおる、ええんやそれで」と思えるようになり、とても素敵な楽しい時間を過ごせるようになりました。

デイケアに通いながら大学の先生に復学するように勧められました。私にはそれはできないと断りましたが、先生方と母と兄たちと話し合ってくれたみたいで、卒業単位はもうあるからあと卒論だけ出してと言われました。私は本が読めなくなっていましたが従姉に手伝ってもらって卒論を提出しました。自分の力でなく周囲の協力で卒業させてもらいました。

私のリハビリは4年かかりました。奇跡だと思います。私と同じような病気になったら死ぬまで閉鎖病棟でいる人もいるなか5か月の入院で、4年のリハビリで社会復帰は奇跡だと思います。

私は世間でいう「ふつう」という称号を得ました。23歳でした。

それから会社勤めをし、結婚し、子どもも2人授かりました。友達もたくさんできました。

私、閉鎖病棟に入院する、デイケアに通う、ふつうとは違う道を歩んでこれたこと幸せに思います。もしもその経験がなかったらもっと、ごうまんに一人で生きてきたんだって思ってたでしょう。

私は生きてきたんじゃなくて、色んな人に助けられて支えられて生かされてきたんだと思います。当たり前やふつうでなく、例えクレイジーだと診断をうけても、その経験なくして今の私は存在しません。

そして今やから思うんですけど、病気って誰が一番大変かっていうと周囲だと思うんです。本人は多少の痛みや苦痛を味わって床にふせるだけですけど、周囲で支えているほうが大変やなって思うんです。みんなにとっての試練なんですよ。

私、兄2人いますけど兄同士はあんまり仲がよくないんですね。母も兄たちに遠慮がちでろくに会話もできないです。でも私に何かあったら家族が一致団結するんです。複雑な心境です。いかに自分が愛されて育ってきたかという気づきもできました。

仕事も順調で、決して多くはないけれど、お給料ももらい、習い事をしたり、友人と遊んだり、欲しいものも自分で買えるようになりました。

そんな時、家の前のスーパーで中学校の同級生の男の子、旦那と再会しましました。

中学生の時は言いたいことも言えずにもじもじしてる男やなぁという印象でしたが、数年ぶりに再会した旦那はとっても積極的な頼もしい青年になっていました。

再会して数日、旦那の誕生日に水族館に行きました。帰りに「彼女になってください」と言われました。びっくりして「お断りします」と言ってしまいました。

だって男の子ってどんな変態に育ってるかわからないし、私は男性に異性とみられ意識されるのが嫌でした。汚らしかった。

でも旦那はひるむことなく攻めてきました。私は押されるがままで結婚することになり、子どもを授かりました。

不安はたくさんありました、再発したらどうしよう、母親が私みたいなんで子どもがいじめられたらどうしよう。

不安は半分的中、産前から周囲に母乳がいいで、と良くも悪くもプレッシャーを頂き、産後すぐまた不眠になり、情緒不安定になり、過呼吸。気が付いたら救急車の中で、旦那が泣きそうになりながら私の手を握っていました。

救急車のなかで生まれたばかりの赤ちゃんをおいて、また入院させられるかもしれないという不安が襲ってきましたが、私と付き合いの長い主治医は今、赤ちゃんと離れると余計に情緒不安定になると判断してくれて自宅療養させてくれました。しかし、薬が増えて母乳を諦めなければなりませんでした。すごく悔しかった。

夜中は私が薬を飲んで寝るので、仕事で疲れて帰ってくる旦那は夜中、一生懸命、ミルクを作ってくれました。

赤ちゃんは5か月で保育園に通うことになりました。でも、保育料が高く旦那の収入だけでは、やっていけませんでした。そのころには私も回復していたのでパートに出ることにしました。週5日、6日、6時間〜7時間、（休憩時間に買い物、夕食の下ごしらえ）、かつかつでした。私のお給料は全て保育料で消えました。

お金のことでよく旦那ともめました。ミルク代、おむつ代、保育料、すごくお金がいる時期でした。旦那も仕事でかつかつ、私も仕事と家事、育児で気持ちの余裕もありませんでした。実家が近く実母が手伝いに来てくれていたのでなんとかやっていけてたと思います。

周囲のママはフルタイムで仕事もバリバリしてるのに、私はなんてできない母親なんだろうとずっと自己嫌悪に陥っていました。実母に手伝ってもらっていることも、ズルをしているような感覚でした。

数年前まで引きこもっていたことを思えば成長したのにね（笑）。今だから思えます。

そばに支えてくれる人がいる幸せ、愛するわが子がいる幸せ、両手両足が自由に使える幸せ。すごく私、恵まれてるなぁと、子どもを産んで再確認しました。

恵まれていると感じると同時に子どもを産み育てていく中で、息苦しさ、生きにくさも感じるようになりました。私は自分の中に溜まったものを、新聞を通して社会に吐き出すことにしました。こんなただの主婦の思いなんて相手にしてくれるのかとはじめは半信半疑だったんですが相手にしてもらいました。

初めて投稿したのは祖母のことを想っての記事でした。

「祖母の苦労に思いはせ」（主婦・29歳）

先日、祖母の三回忌がありました。法要などで親せきが集まるたびに思います。

おばあちゃん、えらいもん残したなあと。祖母は前妻の子3人と6人の娘を産み育て、孫、ひ孫、玄孫らを残して96歳で他界しました。なので親せきが集まると大人数になります。楽しいけれど圧倒されます。

親せきが集まると昔話をしてくれます。祖母は苦労して子どもを育てたらしく貧乏で家の床が抜けていたり、お風呂は手作り、布団は一人ずつなく、服も買わず、食べ物も借りていたと。母やおばたちはそんなことを楽しそうに話します。お金がなくてもわいわい助け合って、そんな時代を生き抜いてきた人たちはとてもたくましく、幸せそうです。

私にはもうすぐ3歳になる息子がいます。そろそろ二人目をと思いますが、子どもを産み育てるにあたり、自分の力量や環境、経済的な状況を考えるとためらってしまいます。昔と今を比べると豊かさの質が変わったようです。人と人との関係を築きにくい時代ではないかとも感じます。

昔は今と違う苦労があったようですが、祖母が残したのはお金ではなく家族でした。私もこんなすてきな財産を残せたらなあと思います。

掲載してもらえると思いませんでした。嬉しいより、載ってしもた。どうしよ。親せき誰にも許可とってないし。慌てて伯母に事後報告しました。「Tちゃん、これは載るわ」という感想でした。

子どもを産んでから、家事、育児、仕事に追われ閉鎖的な環境にいたので、社会に相手にされると思ってなかったのでびっくりしました。

続いて、載るなら思いっきり不満をぶつけてみようと思い、王様の耳はロバの耳感覚で投稿して掲載してもらいました。

「人置き去りの現代社会」（主婦・29歳）

お金がたくさんあればいいんだ。そう思いながら大人になりました。大人になり、お金があればたいていのことは解決してくれることを知りました。

でも、子どもを産んだ時や、祖母がお金ではなく大勢の家族を残して他界したときに感じました。本当の幸せはお金では買えない、と。お金で手に入る幸せは一時的なもので消えてします。人の生きる力はお金ではありません。

今の政治の向かうところが大丈夫かと不安になります。リニア建設やカジノ推進、政治家のお金の問題など、目先の利益などのためばかりです。

お金のため財政を立て直すためといって、人が置き去りになっていませんか。なぜ医療費がたくさんかかるのでしょう。なぜ社会保障が必要とされるのでしょう。こんなに生きにくい人がたくさんいる背景はなんでしょうか。

もっと生きやすかったり働きやすい社会になれば、自然と経済効果も出てくるのではないでしょうか。子どもが育つ環境を整えることがこれからの社会をつくることにつながるのではないのではないでしょうか。

人が人を生み、人が物もお金も社会もつくるのではないでしょうか。

この記事は私の社会に対しての反抗文です。親にも反抗したことないのに。社会に出られない子育ての期間、私は社会に対して不満がいっぱいでした。八つ当たり感覚で新聞に投稿していました。

「女性への要求高い時代」（主婦　29歳）

今、女性に求められていることがたくさんあります。少子化なので、子どもを産んでほしい。労働力になってほしい。そのためにさまざまな政策が行われています。

子どもを産み育てやすい環境ができるのはうれしいことです。女性が社会で活躍することもすてきだと思います。でも、ちょっと考えてしまいます。政策立案する人たちは子どもを産み育てたことがあるのでしょうか。子どもを産む、育てるという現実を理解されているのでしょうか。

日本がここまで成長できたのは、男女がそれぞれにできることをしてきたからだと思います。出産は女性にしかできません。女性が子どもを産み育て家庭を守ってきました。だから男性は仕事に力を注ぎ経済的な部分で大きく発展したのも事実でしょう。

女性は家庭、男性は仕事とは思いませんが、今は女性に求めるばかりのような気がします。

「女性の」ではなく、男女ともに雇用についてもっと見直すべきだと思います。どんな時代になっても男性は出産できないのです。男女は平等ですが、できることと、できないことがあります。

このころはよく旦那と喧嘩していたと思います。

仕事がパートだと馬鹿にされ、家事、育児を全部やるのは当たり前とされ、腹立ちまくっていました。男性も股からスイカ入れて、裂けた股麻酔なしで縫ってみろ、そのくらいしてから偉そうに言え！　世の男ども！と思っていました。今でもそう思います（笑）

・・・愛の迷宮で迷う

長男誕生から4年後、２人目を授かりました。長男の時は妊娠8か月まで働いていたのでそのつもりでいましたが、あまかった。つわりがひどく、またまた救急車で運ばれそのまま入院することになりました。吐きすぎて、胃液も全部でて食道が切れて血を吐いていました。ずっと点滴をしていました。心の中で、終わりはある、産んだらおわると思いながら妊婦生活をしていました。２人目の出産は楽やからと聞いていたのですが、逆でした。長男は10時間で産まれてきたのに、２人目は21時間かかりました。

またまた私は体調を崩し運ばれました。主治医が代わっていて、即入院させられました。昔のように自殺しようとすることとかなかったのに、なぜかまた閉鎖病棟でした。旦那にとって初めての閉鎖病棟。毎日お見舞いに来てくれました。次男が生まれてから夏に１か月、冬に１か月。２回入院しました。

旦那、長男4歳、生後数か月の赤ちゃんの育児と仕事を抱えどんなに大変だったことでしょう。

退院後、旦那は私に言いました、「もう何もしなくていいから」と。

喧嘩をしても、「調子悪いの？　寝れてないの？」と腹立つのをおさえて、私の体調を気遣ってくれます。

でも、そんな旦那の優しさが苦しかった。家事も育児も仕事もがんばれない、きっともっとちゃんとしたお嫁さんなら、母親なら……。

私みたいな出来損ないだから周りに迷惑をかけてるんだって思っていました。しんどくても、素直に「しんどい、助けて」が言えなかった。

また、私は新聞に不満をぶちまけました。不満の矛先は安倍首相にです（笑）

「人殺し　子にさせられぬ」（主婦・30）

私の義務は子どもを守ることです。安倍首相の義務は国民を守ることではないのでしょうか。私は息子たちに家族が危険だから人殺ししてきなさい。と言えません。殺される前に殺してきなさいと言えません。人殺しをしなければ生きられないのなら一緒に死ぬ選択をします。

たまに長男が保育園でお友達に牛乳をかけられ、給食ナプキンをビショビショにして帰ってきます。やったほうの罪悪感を考えるとやられた方でよかったと思います。集団的自衛権について理解し難いので、子どもの喧嘩に置き換えてみます。

子ども同士が牛乳のかけあいをしていて、同室にいる他の子どもにも牛乳がかけられる恐れがあるので、牛乳のかけあいに参加するということでしょうか。それでは教室が牛乳だらけになって教室が使えなくなります。

武力に対して武力で解決しようとした結果がどんな悲惨なものになるか、被爆国である日本は経験しているのではないでしょうか。

安倍さん自身も自衛隊員も国民。同じ命です。私には安倍さんが私にとって何よりも大切な息子たちに自分を守るために盾になれ、人を殺してこい、爆弾の的になれと言っているように思えて、怒りよりも涙がでてきます。


最近、過呼吸を起こしたとき旦那が、救急隊員の人の真似かそれっぽく対応してくれておもしろいことを言うてくれました。「大丈夫や！　息できる。今日は俺が薬選んだる！　今日の薬は当たりの薬や！　めっちゃ寝れるで！」といって、加えて湯たんぽの効果を科学的に説明してくれて、湯たんぽを用意してくれました。

私、なんて幸せなんでしょうか。

旦那は「ごめんとかいらん、君が元気になることが一番や」と言ってくれました。

・・・ひらきなおり

そんなときフェイスブック友達のＹさんから京都市長選挙で選挙運動してみないかという話がきました。ビラ配りぐらいならというつもりが、ちょっと街頭スピーチにチャレンジしてみたところ、意外に反応がよかったらしく、小学校で演説、選挙カーでお話することになりました。

若いころは綺麗ごとなんて大嫌い、大人も信用しないし、夢も見ない人でしたが、旦那に出会い、子どもを授かり、助けてくれる人、友人に囲まれ愛情なくしては語れない今の幸せな生活。この感謝の気持ちをどこに向けようか、どう表そうか。

気が付けばマイクをもってきれいごとを並べて叫んでいました。

世の中そうすてたもんじゃない。みんな必死に生きてるんだ。素晴らしいじゃないか。と選挙活動をして様々な人に出会いそう感じました。

私はずっと戦ってきたのかもしれない。受け入れられない自分自身と。一人芝居をしていたのかもしれない。

今日も生きているだけでハナマルだ。

私は、生きる勇気も死ぬ勇気もなかった。

でも、私が生きていることを認めてくれる人がいる、死ぬと悲しむ人がいると知ったとき戦わなくなった。

今日を生きているその事実だけを受け止めて。

戦わねば手に入らないことって、人の歴史上であったし、市長選だって大きな歴史的な戦いだという人もいる。表現のしかただと思う。

私は一緒につくっていく。

安倍さんが、今の政治をしなかったら、それに対して、それっておかしいんじゃない？みんな立ち上がろうよ。自分たちの国だよ、自分たちで一緒につくろうよ、って気持ちにならなかった。

正義はどちらからみても正義なんだよ。

市長選でも、さまざまな気づきがあった。意思をもっている人たちがたくさんいるんだって確認できた。選挙活動で出会った方々はキラキラしてた。本気で社会を変えるんだって思って活動していた。こんな人たちっているんやって驚きもあり、戸惑いもあり嬉しかった。また見つけた「希望」と出会った。

戦争時代を生き抜いてきた80代のM氏、フットワークが軽く周りの人もM氏をお年寄り扱いしない。自分の歴史を語り、新しいものを取り入れすぐ発信する。どこにでもひょいひょい現れる、どこから溢れてくるんだそのパワー、驚かされるばかりです。癒されます。

もと中学校の社会科の先生、心の底から子どもたちを愛している、こんな私のことを応援してくれる。すごくキレイな文章を書く。子どもたちのために全力疾走。

私の小学校での演説を聞いてくれて、涙を流しながら握手をしてくださった主婦の方。その他、たくさんの人の本気、情熱を感じられました。また世の中捨てたもんじゃないと思えました。

・・・私の構成要素「出会い」に感謝！

ここで私が携わってきた仕事や人に関して触れますね。まず初めて高校生になってアルバイトをさせてもらったのは伏見稲荷のおうどん屋さんです。ここは母や兄もお世話になっていたところで、働く素晴らしさを教えてもらったところです。

「いらっしゃいませ」「ありがとうございました。」とお客さんが笑顔になってくれる、自分も最高の笑顔でおもてなしをする。おうどん、いなり寿司、名物のスズメの焼き鳥を運ぶ。お客さんが笑顔で「ありがとう」と言ってくれて帰ってくれると、しんどさなんてふっとびました。

初めてお給料をもらったときは、こんな楽しい嬉しいことさせてもらってお金までもらえるのかと思いました。小学生のときから、母がおうどん屋さんで働かせてもらうのを見せてもらって、自分も高校生から短大までお世話になりました。働くって素敵や。将来は接客業にしようと考えました。

でも、短大で病気になり引きこもった私は人と関わる勇気を失ってしまったのですが、デイケアに通いながら一生無職はまずいなと思い、近くの耳鼻咽喉科の面接を受けにいきました。私が病気であることを知って採用していただきました。私の社会復帰への第一歩です。

そして、少し自信がついた私は本格的に社会復帰を考え、京都で歴史のある企業でフルタイムで働かせいただくことになりました。接客業ではなく事務を任せていただきました。ここでも病気のことはオープンで雇っていただきました。面接のとき、私が病気であることを伝えると「どういった対応をしたらいいですか？」と聞いてくださいました。涙が出そうでした。もうそのお気持ちだけでがんばろうと思いました。先輩方が優しくサポートをしてくださったり、教えてくださったりあたたかな職場でした。

ちょうど事務の仕事について2年ぐらいのとき旦那と再会しました。同時に実家がゴタゴタしていたので家をでることにし、旦那と一緒に住むことになりました。家のこともしてフルタイムで働くのはキャパオーバーになるので、フルタイムの事務の仕事は辞めました。でも、家賃分くらいは働かないといけなかったので、整骨院の受付補助のパートに就きました。院長先生は年齢も近くて3人目のお兄ちゃんみたいな感覚でした。仕事の初日に「Tちゃんは、パソコンも機械もできんでいいから、患者さんとおしゃべりするのが仕事やから」と言われました。

言われたとおり、私は患者さんとおしゃべりしまくりました（笑）。今やから弁解したいのですが、私が一方的におしゃべりしていたわけではなく、いかに患者さんから聞き出すか、患者さんのからの発言を引き出すかを考えてしゃべっていたんですよ。なんせ小学生から心理学に興味があったもので（笑）人からお話をしていただくってこつがあってね、それはここでは書きませんが（笑）

すっごく楽しかったです。もちろんみんな腰が痛いとか肩が痛いとかで来院しはるんですけど、「しゃべってすっきりしたわー」と言うて帰らはったり、たまに涙を流さはる患者さんもいて、何しにきはったんやろう……って思えることもあったり。たぶん私が本領発揮できた職場でした。ひきっこもっていたのはなんだったんだと思えます。

なんやかんやで2人目を授かってつわりがでるまでお世話になりました。4年くらいです。今でも自分のメンテナスでお世話になっております。感謝です。

それから2人目を出産して体調が悪くなったり、また耳鼻咽喉科でパートでお世話になったり。落ち着いてきて、ある障がい者デイサービスセンターの支援員のパートを始めたんですね。とっても良い経験になりました。障がいを持っている方の食事介助、入浴介助、トイレ介助など、私が介助する側なのに「生きる」って何かを感じられる仕事でした。

支えていたというより、利用者さんに教えてもらってました。

支えてもらっていたのは私の方でした。

ご飯食べれたらうれしい！

トイレ出たらうれしい！

お風呂ですっきりしたらうれしい！

誰々さんがいてるだけでうれしい！！

人って存在するだけで他の誰かを幸せな気持ちにしてくれるんだって教わりました。社員さんやスタッフさんとの助け合いも素敵でした。みんなが「生きる」ってことに純粋に喜びを感じれる職場でした。

まだ子どもが小さく病気がちで、自分も体調に波があって急な欠勤などではたくさんご迷惑をおかけしたのですが、そんなときも「Tさん、子どもはお母さんだけで育てるんじゃないよ、社会で育てるのよ」「がんばらなくていい、気晴らしぐらいに思って仕事にきなさい」と上司からも声をかけていただきました。他のスタッフさんも愛情たっぷりで幸せでした。

福祉の現場の素敵さを経験させてもらった私はもう一度チャレンジしようと思い立ち、保育士資格を取得しました。デイサービスセンターを辞め、児童発達支援センターで働くことになりました。すごい現場でした。1分1秒が本気。ここでやっていったら私、最強になるかもと感じたのですが、そのころ次男が熱を出し、その熱が4か月続きました。病院を三つまわり、検査入院をしたり、毎日病院でした。職場に「しばらく仕事を休ませてほしい」と告げました。するとその次の日からピタッと熱がでなくなったんです。

私かーっ、とガツンときました。旦那とも相談して自分の子どもを犠牲にしてまでする仕事ではないんちゃうということで私は仕事をやめました。

やいたいことはたくさんあるけれど、わが子が落ち着くまで我慢することにしました。

・・・下準備

さて、がっつり仕事をしなくなった私はエネルギーをもち余しています。選挙で出会った方や数人に「書く」ことをすすめられ、すすめられるがまま今書いているのですが。家に閉じこもって新聞やフェイスブックに投稿する地味な活動をしています。

「未来の私へ」


どこでなにをしていますか？

今までの私の経験から言えることは、人は生まれながらにして平等にもっているものがあります。

それは「可能性」です。

「可能性」というキレイにきこえますが、あなたの知っているようにつらい大変な可能性もあれば、とても素敵な可能性もあります。

人生何が起こるか誰にもわかりません。

あなたは無限の可能性をもっています。

だから、そろそろ下を向いてないで、泣いてないで
前を向いてあるきましょう。
あなたは知っているはずです。
ひとりじゃない。私がみんなが、そばにいます。
無知で無能で助けてくれた人達に何もお返しできなくても
「ありがとう」と言って笑顔でいましょう。
助けてくれた人はなぜ助けてくれたのでしょう、支えて
くれたのでしょう。
それはあなたに幸せになってほしいからです。
自分なんて幸せになっちゃいけないことはない。
笑顔のバトンを渡せる人になっていいんじゃないですか?
大切な人達へ、自分に
今日もありがとう。

選挙で出会った人に限らず、今周囲で色んな人が動き始めています。もっとおしゃべりし

ようよ、共感しよう、つながろう。フランス革命は人々の集まりから起こったとか、ルネッサンスやーとか色々みんな活動しています。お金はないけど時間はあるのでそういった活動にお邪魔させていただいてます。

「教育問題　大人社会に原因」（主婦・35歳）

もうずっと、保育、教育現場から痛ましい事件や問題があがりつづけています。それに対してカウンセラーをとか子ども達に対して策がとられますが、私はずっと違和感を感じてきました。どのことがらも子どもに問題がある、子ども「が」問題なのではありません。子どもを取り巻く環境、親、大人社会に問題があるのです。大人、社会がおかしいから子どもを通して現れてくるんだとおもいます。

シンプルに言えば、虐待をする大人がいなければ、虐待をされる子どもはいないのです。子ども達の悲鳴は、大人達の悲鳴、社会の悲鳴です。

このことを前提にしないと子ども達の権利も平和もありません。

ずっと子ども達のために、今何ができるか考えてきました。まずは大人達で共感できる環境をつくろうと思います。楽しいこと、嬉しいことも悲しいこと、つらいことも言葉を交わし、時に音楽や書物、芸術をはさみ。

人と人とがつながることを大切にしたいです。

人はひとりでは生きていけません。たくさん飛び交う情報は便利で簡単に手に入りますが、それに振り回されないようにそれぞれの感性を大切にしたお付き合いをしていきたいです。

・・・今の社会の生きづらさとただの主婦の野望

こんなに恵まれている私でも、生きづらさ、もどかしさを感じます。それは人と人とのつながりのもろさ。お互いを伺い、当り障りのない関係でいる。

そんな社会の中で、家庭を守るために頑張っている人、子どもを育てるために頑張っている人、自分を責めて行き場がなくなっている人、頑張るなとは言いません。頑張り方を変えましょう。あなた一人だけで抱えなければならないことではないんです。みんなで支え合っていきましょう。

その一つの方法が選挙に行くことです。

戦争もないのに自殺者が多い国。豊かな国なんでしょうか。

今一度、自分のせいや自分を追い込むことではなく、なぜ生きづらいのか視野を広げてみませんか。

私は、選挙活動や自分が病気になったことをきっかけに、人に支えられて生かされていることに気が付きました。そのことがあったから自分は幸せなんだと思えました。

選挙活動をして、ただの主婦でも意見を言っていいし、動かなければ何もかわらないこと

を知りました。私が伝えたいのは、

「あきらめないで」

「ひとりじゃない」

「だいじょうぶだよ」

もしも、誰かが孤独を感じ追い詰められてしんどかったらご連絡ください。ただの主婦に。

（ブログAmebaで「わくわく主婦」にメッセージを下さい）

「共に生きよう」

冒頭に私はみんなが生まれてきてよかったと思える社会をつくると述べました。具体的なただの主婦。

私の野望は自分の子育てがひと段落したら、駆け込みハウス「おかえりの家」をつくります。

子どもから大人、お年寄りまで、「ちょっと聞いてー」「休憩させてー」と言える場所をつくります。

今は子どもに対してしんどさを抱えたら児童相談所に相談するという方法がありますが、

なんでもかんでも児童相談所にもっていったら、何か問題があると周りからも思われるし、自分も追い詰めることになります。児童相談所がパンクするのは当たり前です。

家事、育児に仕事に疲れたお父さん、お母さん、たまにはゆっくり寝たい、家事をさぼりたい。子どもから離れたいときもあるでしょう。

公的には一時保護という措置がありますが、それは専門的な問題にあたったときです。今求めれているのは、「ちょっと休憩できるところ、ほっとできるところ」30分でもいい、1週間くらい子どもを預けても、家事をさぼっても誰にも責めれない、自分も追い詰められない、かけこめる場所なんです。

「まぁ、いいかぁ」とみんながゆるくなれる場所をつくりたい。資金面やなんやらの計画はまだですが。

若い頃は、定年を迎えたら児童養護施設に住み込みで働こうとおもっていましたが、今ある既存のやりかたでは立ち行かない現状であります。ゆっくり計画をしていきます。

子どもは社会で育てるもの、親も一緒に育つもの、ということを国に求めると同時に各々でできることをやっていけたら、きっと素敵な社会になると思います。

もちろん私が子育てを終えるときに、そんな場所をあえてつくらなくても、人と人がつながり合えて生きていける社会になっていることがいいです。

・・・子どもたちへ

そうちゃん、しんちゃんへ

お母さんはあなたたちが小さいとき、食べ物が食べられなくなりました。特に、動物性のもの。お魚や、お肉。

お魚やお肉を目の前にすると「血」の匂いがしました。お野菜は草の匂いがしました。臭かった。食べられなかったけど、あなたたちの声がきこえてきました。「たべなきゃ」「食べなきゃ」。病室のカーテンを閉め切り泣きながら、食べ物を口にいれ、かみ砕いて、ごっくん。一番、つらい作業でした。

昔も命を食べなければ、何かの犠牲の上でしか生きられないのなら、生きたくないと思った時がありましたが。

でも、あなたたちがいる。私は生きなければならない。その一心で食べました。

小さいとき食べなくてよくおばあちゃんに怒られたんだよ。命を頂いてるの、と。だから食べる前は「いただきます」なんだよ。

おかあさんはね、小さいとき山の中で育ったんだ。

裏には竹藪があって、蛇の抜け殻、虫、タケノコ、柿、山椒、梅……たくさんたくさんあった。

お兄ちゃんたちが保育園にいってる間、おかあさんは、足首に鈴をつけて、山に遊んでもらってたんだよ。

玄関を開けたらね、山と空に聞くの「今日は遊んでくれる？」

じゃあ竹藪はゆれるし、空はお母さんの心臓にお話ししてくれる。

おかあさんが10歳の時、玄関をあけて空をみると、初めて空が恐く感じた。その次の日、阪神淡路大震災って大きな地震がおこったんだ。

自然と人間は切り離せないとお母さんは感じたよ。それを忘れたころに震災や、疫病がはやるんじゃないかってお母さんは分析した。なんの根拠もないけどね。

話は変わるけど、お母さんはね、子どものとき「大人に偉そうなことといってはいけない。意見をしてはいけない」「女の子だから自分の身を守るために考えて行動しなさい」と教えられたの。

おじいちゃんに、お兄ちゃんたちは言うことをききなさい。勉強しなさいと怒られていたし。殴られてもいた。

お母さんは、おじいちゃんとお兄ちゃんたちの間に、入ってふっとばされたことがある。

その時おばあちゃんに言われたの。「あなたは小さくて弱い女の子考えなさい」って。

お母さんは、おじいちゃんが大っ嫌いだった。殴るし、借金するし、嘘つくし、大人はなんで偉いん？　親、先生の言うことはなんできかなあかんの？

大人だって、先生だって親だって、いつだって正しいってことはないやろ？

でも今日のそうちゃんの一言でしっくりきた。

「命」に上も下もない、偉いも偉くないもない。

そうやね、あなたの言うとおり。

あなたはまだ8年と数か月しか生きていないのに、35年も生きてきたお母さんより勇気がある。

あなたたちのその感性を大切に生きていってほしい。

法律も校則もその時その時で、みんなで生きていくためにはどうしたらいいかって考えられて作られてきた。

おかしい、と思ったらみんなで相談してどんどん変えていき、意見するも、しないもあなたたちの自由。

選挙率があがったら、いいのかなってお母さんは思っていたけれど、選挙にいかないという選択も自由。

それが民主主義なんかな？

お母さんは何度も何度も生きることを諦めたこともあるけど、生きる勇気も死ぬ勇気もなかった。

でも、そうちゃん、しんちゃん、お父さん、お友達とであって今、生きたいと思えるようになった。

ありがとう。

もしもまた、お母さんがいなくなっても生きてほしい。

苦しいことも楽しいことも生きている証拠です。

あなたたちに出会えて、母は幸せです。

お母さんにはね、あなたたちを見守ることしかできない。

あなたたちの人生だから。自分の足でしっかり歩みなさい。

生まれてきてくれてありがとう。

「にじ」

子どもたちと、お母さんとお父さんと、おばあちゃん、おじいちゃん、おっちゃん、おばちゃんと一緒に
虹をみたい
何色でもない、何色にもみえる
感じるままに。一緒にわくわくしながら
生まれてきた喜びを
散りゆく切なさと共に
共に生きよう。命を感じよう
苦しいことも悲しいこともある
嬉しいことも楽しいこともある
晴れも曇りも雨も
雨が降ったら虹ができるかな
一緒にわくわくしようよ

大人の世界にも、子どもの世界にもつらい現実がある。虐待、いじめ、貧困、自殺…
でもね、命あるもの、みんなが平等にもって生まれてきたもの
「無限の可能性」がある
残酷ですばらしい可能性
明日は私たちのなかにある

【著者紹介】

わくわく主婦
1985年、京都府生まれ。

ブログ「わくわく主婦」を開設中。

https://profile.ameba.jp/ameba/non2121028

主婦、キッチンから愛を叫ぶ
明日は私たちのなかにある

2020年10月15日　初版第1刷発行

著　者　わくわく主婦
発行者　坂手崇保
発行所　日本機関紙出版センター
〒553-0006　大阪市福島区吉野3-2-35
TEL 06-6465-1254　FAX 06-6465-1255
http://kikanshi-book.com/
hon@nike.eonet.ne.jp
本文組版　Third
編　集　丸尾忠義
印刷・製本　シナノパブリッシングプレス

Printed in Japan
ISBN978-4-88900-984-2